AF590367

19 dec 1904

Collection de Mme Vve H. C.

ESTAMPES

Anciennes

ÉCOLES FRANÇAISE & ANGLAISE

DU XVIIIe SIÈCLE

Imprimées en noir et en couleur

19 DÉCEMBRE 1904

Commissaire-Priseur
Me Maurice DELESTRE
5, Rue Saint-Georges, 5.

Expert
M. Paul ROBLIN
65, Rue Saint-Lazare.

EXPOSITION PUBLIQUE

Le Dimanche 18 Décembre 1904, de 1 h. 1/2 à 5 h. 1/2.

COLLECTION DE Mme Vve H. C.

ESTAMPES ANCIENNES

FRANÇAISES & ANGLAISES

DU XVIIIe SIÈCLE

Imprimées en noir et en couleur.

CATALOGUE
D'ESTAMPES
ANCIENNES
FRANÇAISES ET ANGLAISES DU XVIIIe SIÈCLE

Imprimées en noir et en couleur

Par ALIX, BARTOLOZZI, BAUDOUIN, BOILLY, BOUCHER, BROOKSHAW, DEBUCOURT, DEMARTEAU, DUGOURE, EARLOM, FREUDENBERG, HAMILTON, JANINET, LAVREINCE, LAWRENCE, MALLET, MARIN, MOREAU LE JEUNE, MORLAND, REYNOLDS, SAINT-AUBIN, SMITH, TAUNAY, VAN GORP, WHEATLEY, Etc.

Appartenant à Mme Vve H. C.

GRAVURES ANCIENNES

Appartenant à divers

DONT LA VENTE AUX ENCHÈRES PUBLIQUES AURA LIEU

Hôtel des Commissaires-Priseurs, rue Drouot, N° 9

Salle N° 7.

Le Lundi 19 Décembre 1904, à 2 heures 1/2

Commissaire-Priseur
Me Maurice DELESTRE
5, Rue Saint-Georges, 5

Expert
Mr PAUL ROBLIN
65, Rue Saint-Lazare, 65

BN

EXPOSITION PUBLIQUE

Le Dimanche 18 Décembre 1904, de 1 h. 1/2 à 5 h. 1/2.

... de Ricci

CONDITIONS DE LA VENTE

Elle sera faite au comptant.

Les Acquéreurs paieront *dix pour cent* en sus des prix d'adjudication.

MM. les Amateurs pourront visiter la Collection du Lundi 12 au Vendredi 16 Décembre de 10 heures à 4 heures.

M. Paul **ROBLIN** remplira les commissions que voudront bien lui confier les amateurs ne pouvant y assister. il se réserve, en outre, la faculté de diviser ou de rassembler les lots.

L'ORDRE NUMÉRIQUE SERA SUIVI

DÉSIGNATION

ALIBERT (A Paris chez)

1. Renaud et Armide.

Très belle épreuve imprimée en couleur, marges.

ALIX (P. M.)

2. *Berthier* (le Général).

Très belle épreuve imprimée en couleur, (remargée sur un côté).

3. Costumes Hambourgeois. Deux pièces faisant pendants d'après Lespinay.

Superbes épreuves avant la lettre, imprimées en couleur, grandes marges. Très rare.

4. Le Paralytique servi par ses enfants, d'après Greuze.

Très belle épreuve imprimée en couleur.

ANONYME

5. Portrait d'un jeune prince. In-4 en pied.

Très belle épreuve imprimée à la sanguine.

ARDELL (J. Mac.)

6. Rembrandt's Mother, gravé à la manière noire d'après Rembrandt.

Belle épreuve sans marges.

BARTOLOZZI (Fr.)

7. Cybèle, d'après J. B. Cipriani.

Très belle épreuve imprimée en couleur, petites marges.

8. The Flight of Mary Queen of Scots into England, d'après R. Westall.

Belle épreuve imprimée en couleur, marges.

9. Religion, d'après Ang. Kauffman.

Très belle épreuve avant toutes lettres, imprimée à la sanguine, marges.

10. Vénus Bathing, d'après J. B. Cipriani.

Très belle épreuve imprimée en couleur, marges.

BAUDOUIN (d'après P. A.)

11. Le Catéchisme. — Le Confessionnal. — Deux pièces faisant pendants, gravées par Moitte. (E. B. 12. 15).

Belles épreuves, marges.

12. Le Modèle honnête, gravé à l'eau-forte par Moreau le Jeune et terminé par J. B. Simonet. (34).

Très belle épreuve, marges.

13. Perrette, par H. Guttenberg. (36)

Superbe et rare épreuve avec le nom de Baudouin gravé en bas à gauche et celui de H. Guttenberg, tracé à la pointe sèche à droite. Sans aucune autre lettre. Marges.

BENWELL (d'après J. H.

14. A St-James's Beauty, par Ridet.

Belle épreuve, marges.

15. Dancing, par Gaugain.

Très belle épreuve imprimée en couleur, petites marges.

BOILLY (d'après L.)

16. L'Amant poète, par J. P. Levilly.

Très belle épreuve, marges.

17. L'Optique, par F. Cazenave.

Très belle épreuve, marges.

18. Prends ce Biscuit, par G. Vidal.

Très belle épreuve, grandes marges.

BONNET (Louis)

19. Portrait de Mlle Vanloo, d'après Carle Vanloo.

Gravure en imitation de dessin au crayon noir rehaussé de blanc, sur papier bleu. Très belle épreuve.

BOUCHER (d'après Fr.)

20. *Friesendorff* (Baronne de). In-4 par Eberts.

Très belle épreuve avant toutes lettres.

21. La Baigneuse surprise, par J. Daullé.

Très belle épreuve, marges.

22. Le Calendrier des Vieillards, par De Larmessin.

Très belle épreuve avec l'adresse du graveur, grandes marges.

BROOKSKAW (R.)

23. *Louis XVI*, Roi de France.— *Marie-Antoinette*, Reine de France. Deux portraits gr. in-4 à la manière noire faisant pendants.

Très belles épreuves, marges. Rare.

BUCK (d'après Adam)

24. Virginia. Médaillon grand in-4, gravé par Bauldry et Zieglar.

Très belle épreuve imprimée en couleur.

BURKE (Thomas)

25. Una, d'après Ang. Kauffman.

Très belle épreuve imprimée en bistre, marges.

CARESME (d'après Ph.)

26. Les Délices du bain. — Les Plaisirs du bain. Deux pièces faisant pendants, gravées par Jubier.

Très belles épreuves imprimées en couleur, grandes marges.

27. Hony soit qui mal y pense. — Hony soit qui mal y voit. Deux pièces faisant pendants, gravées par Hubert.

Belles épreuves, marges.

COLLIN

28. Veue Septentrionale de la Carrière de Nancy. — Veue Méridionale de la Carrière de Nancy. Deux pièces faisant pendants.

Belles épreuves, marges.

COOPER (R.)

29. The Sisters. In-4.

Très belle épreuve imprimée en couleur, petites marges, rare.

CORBUTT (C.)

30. La Jeune Sultane, d'après Legendre (Portrait de Mlle d'Hannetaire).

Très belle épreuve, marges.

DAGOTY (Edouard et Louis)

31. Temple d'Isis à Pompéï tel qu'il devait être en l'année 79, lorsqu'il a été détruit par l'éruption du Vésuve. Gravure à la manière noire, les figures par Duplessis-Bertaux.

Belle épreuve, grandes marges.

DEBUCOURT (P. L.)

32. Les Bouquets ou la Fête de la Grand'Maman. — Les Compliments, ou la matinée du jour de l'an. Deux pièces faisant pendants, 1788. (M. F. 15, 16).

Magnifiques épreuves imprimées en couleur, d'une très belle conservation. Elles ont de grandes marges et les quatre points de repérage très apparents.

DEBUCOURT (P. L.)

33. Annette et Lubin. (22)

Très belle épreuve imprimée en couleur, marges du cuivre

34. La Promenade Publique, 1792. (33)

Très belle épreuve imprimée en couleur, marges du cuivre.

35. Le Matin. — Le Midi. — La Nuit. Trois pièces d'après H. Lecomte. (525, 526, 528)

Belles épreuves en couleur, grandes marges.

DE GOUY

36. La mère bien aimée, d'après Greuze.

Belle épreuve à toutes marges.

37. Le Triomphe de l'enfance, d'après H. Fragonard.

Très belle épreuve à toutes marges.

DEMARTEAU (G.)

38. Têtes d'Amours. Deux pièces d'après Fr. Boucher. (519-520).

Très belles épreuves aux crayons de couleur sur papier bleu, sans marges.

39. Têtes de femmes, d'après Fr. Boucher.

Très belles épreuves aux crayons de couleur, sans marges.

DREVET (P. I.)

40. *Bossuet* (Jacques Bénigne), d'après H. Rigaud. (D. 12).

Très belle épreuve avec huit points, marges.

DUGOURE (d'après J. D.)

41. Le Lever de la Mariée, par Ph. Trière.

Superbe et rare épreuve avant la lettre de la pièce faisant pendant au Coucher de la Mariée, de Baudouin. Grandes marges.

EARLOM (Richard)

42. A Fish Market, d'après Snyders et Long-Jhon. In-folio à la manière noire.

Très belle épreuve, marges.

43. Angelica and Médora. In-folio à la manière noire, d'après B. West.

Très belle épreuve avant la lettre, les noms d'artistes tracés à la pointe.

44. Galatæa. In-fol. à la manière noire, d'après Luca Giordano.

Très belle épreuve.

ECOLE ANGLAISE

45. Portrait d'un Général anglais. In-4 à la manière noire.

Très belle épreuve avant toutes lettres.

ÉCOLE FRANÇAISE

46. Les Amours champêtres. Composition ovale gravée au pointillé.

Très belle épreuve avant toutes lettres, imprimée en bistre ; marges.

47. Bacchus et Ariane. Petit ovale sans noms d'artistes.

Très belle épreuve imprimée en couleur avant toutes lettres, grandes marges.

48. Le Flambeau de l'Amour ? Petite pièce ovale gravée au pointillé.

Très belle épreuve avant toutes lettres, imprimée en couleur, toutes marges.

FRAGONARD (d'après H.)

49. La Lecture. In-4 sans nom de graveur.

Très belle épreuve à l'eau-forte pure, avant toutes lettres.

FREUDEBERG (d'après S.)

50. Le Petit Jour, par N. de Launay.

Superbe et très rare épreuve avec la tablette blanche, le titre en lettres grises et les noms d'artistes. Marges.

FREUDEBERG (attribué à)

51. Soldats attablés et buvant. In-4 sans noms d'artistes.

Très belle épreuve à l'eau-forte pure.

FRYBERG (d'après)

52. La Chûte inévitable. — Les Différents goûts. Deux pièces faisant pendants, gravées par De Launay le jeune.

Belles épreuves imprimées en couleur et rehaussées. A toutes marges.

GARNERAY et MALLET (d'après)

53. La Toilette de la mariée. — Le Lendemain de noces. Deux pièces faisant pendants, gravées par L. Garneray.

Très belles épreuves en couleur, marges.

GÉRARD (d'après Mlle)

54. L'Art d'Aimer, par H. Gérard.

Très belle épreuve, grandes marges.

55. Dors, mon enfant, par H. Gérard.

Très belle épreuve, grandes marges.

56. L'Espoir du retour, par H. Gérard.

Très belle épreuve, grandes marges

GÉRARD (d'après Mlle)

57. Je m'occupais de vous, par G. Vidal.

Très belle épreuve, grandes marges.

GREEN (Val.)

58. Renaldo arresting the arm of Almida. In-folio à la manière noire d'après Ang. Kauffman.

Très belle épreuve, grandes marges.

GREUZE (d'après J.-B.)

59. Le Malheur imprévu, par R. De Launay.

Très belle épreuve avant la dédicace, grandes marges.

GUINET (d'après)

60. Histoire de Paul et Virginie. Suite de quatre pièces gravées par Petit.

Très belles épreuves imprimées en couleur, marges. Trois sont avant la lettre.

HAMILTON (d'après W.)

61. Constantia. Plate 1er, par Romain Girard.

Très belle épreuve imprimée en couleur.

62. Noon. — Night. Deux pièces ovales faisant pendants, gravées par P. Delatre, pupille de Bartolozzi.

Très belles épreuves, marges.

HUET (d'après J.-B.)

63. L'Amant écouté. — L'Amant pressant. Deux pièces gravées par Bonnet et Legrand.

Belles épreuves imprimées en couleur.

JANINET (Fr.)

64. Adam et Eve. — La Mort d'Abel. Deux pièces faisant pendants, d'après Le Barbier.

Superbes épreuves imprimées en couleur. Une est avant la lettre, le nom de l'artiste tracé à la pointe.

JUKES

65. Pychely Hunt. — Push him up Tomboy. — Now Contract... — Proof of Bottom. — The Trick. — The forse horse of the Team. Suite de six pièces d'après C. Loraine Smith.

Très belles épreuves en couleur.

KAUFFMAN (d'après Ang.)

66. The Growing Desire. — The Desire Satissfied. Deux pièces ovales faisant pendants, gravées par de La Rue de l'Epinay et Roze Lenoir.

Belles épreuves imprimées en couleur, marges.

LASINIO

67. *Filipo D'Angelis.* In-8.

Très belle épreuve imprimée en couleur, marges

LAVREINCE (d'après N.)

68\. Le Billet doux (E. B. 10). — Qu'en dit l'Abbé ? (51). Deux pièces faisant pendants, gravées par N. De Launay.

Magnifiques épreuves avant la lettre, marges. Excessivement rare à trouver réunies.

69\. L'Heureux moment, par N. de Launay (28).

Superbe et très rare épreuve avec la tablette blanche, les noms des artistes, le titre et les trois initiales de Lempereur entrelacées dans un cartouche tenant lieu d'armoiries. Sans aucune autre lettre, marges.

70\. L'Indiscrétion, par Janinet (30).

Superbe épreuve imprimée en couleur, petites marges.

71\. L'Innocence en Danger, par Caquet (31).

Très belle épreuve à toutes marges, non ébarbées.

72\. Le Lever des Ouvrières en Modes, par L. C. (36).

Très belle épreuve imprimée en couleur. Grandes marges.

73\. Le Repentir Tardif, par Levillain (52).

Très belle épreuve, marges.

74\. La Sentinelle en défaut, par Darcis (58).

Très belle épreuve en couleur du premier état avec les armes, à toutes marges, non ébarbées.

LAWRENCE (d'après Sir Thomas).

75. Nature (The Calmady Children), par Samuel Cousins.

Très belle épreuve, marges, très rare.

LELY (d'après P.)

76. *Portsmouth* (Louise dutchess of), gravé à la manière noire par Van Corner.

Très belle épreuve avant toutes lettres.

MALLET (d'après)

77. L'Arrivée du Modèle.

Très belle épreuve imprimée en couleur. Marges.

78. Julie ou le premier baiser de l'Amour, par Copia.

Très belle épreuve avant la lettre, le nom du graveur tracé à la pointe, marges.

79. — La même estampe.

Très belle épreuve imprimée en couleur, petites marges.

MARIN (L.)

80. Jeune fille éplorée. In-4 ovale.

Superbe épreuve avant toutes lettres, petites marges.

MASSOL

81. La Force surveillante, d'après Taillasson.

Belle épreuve imprimée en couleur.

MOREAU LE JEUNE (d'après J. M.)

82. Oui ou Non. — Le Pari gagné. Deux pièces par Camlinge et Thomas.

Belles épreuves, grandes marges.

83. La Partie de Wisch, par J. Dambrun.

Belle épreuve, grandes marges.

84. La Petite Toilette, par Martini.

Belle épreuve à toutes marges.

MORLAND (d'après G.)

85. Constancy. — Variety. Deux pièces faisant pendants gravées par Bartolotti.

Très belles épreuves, marges.

86. Louisa, par F. Gaugain.

Très belle épreuve, légèrement rehaussée en couleur, grandes marges.

87. A Party-Angling. — The Anglers repast. Deux pièces faisant pendants gravées à la manière noire par Ward et Keating.

Superbes épreuves rehaussées de couleur, en très bel état de conservation, marges.

88. The Parc St-James, par White.

Très belle épreuve imprimée en couleur, sans marges.

PHILLIPPEAUX

89. Cordelia, d'après Ang. Kauffman.

Belle épreuve imprimée en couleur, marges.

PICARD (Bernard)

90. Premier des magnifiques carrosses de Mgr le duc d'Ossuna, ambassadeur extraordinaire et premier plénipotentiaire de Sa Majesté catholique Philippe V, pour la paix, faits pour l'entrée publique de son Excellence à Utrecht, 1753. Suite de six pièces et un titre.

Superbes épreuves, marges.

REYNOLDS (d'après Sir Joshua)

91 *Ancaster* (Maria, Dutchess of), par J. Watson.

Très belle épreuve, marges.

ROBERT (d'après Hubert)

92. L'Ermite du Colisée.— La Prière interrompue. Deux pièces faisant pendants, gravées par Descourtis et Morret.

Très belles épreuves imprimées en couleur, grandes marges.

SAINT-AUBIN (Aug. de)

93. Au moins soyez discret. — Comptez sur mes sermens. Deux pièces faisant pendants (E. B. 406-407)

Très belles épreuves avec l'adresse de Marel, marges.

SAINT-AUBIN (d'après Aug. de)

94. La Promenade des Remparts de Paris. — Tableau des portraits à la mode. Deux pièces faisant pendants gravées par P. E. Courtois (378-382).

Très belles épreuves, dont une avec très grandes marges.

95. Le Réfractaire Amoureux (456).

Très belle épreuve du 1er état avant toutes lettres. Grandes marges.

SCHALL (d'après)

96. Les Espiègles, par Descourtis.

Très belle épreuve, imprimée en couleur, marges.

SERGENT-MARCEAU

97. A la mémoire du Général Marceau mort de ses blessures à Altenkirchen. In-fol. en larg.

Très belle épreuve en couleur, marges.

SICARDI (d'après)

98. Oh! Che Sciagura, par Mécou.

Très belle épreuve imprimée en couleur, grandes marges.

SLOANE (Michel)

99. The Nativity, dessiné par Nichrigall, d'après Le Corrège.

Très belle épreuve imprimée en couleur, grandes marges.

SMITH (J.)

100. *Essex* (The Countess of), à la manière noire d'après G. Kneller.

Belle épreuve.

101. *Roydhouse* (Mrs Ann.), à la manière noire d'après J. de Medina.

Très belle épreuve.

SMITH (d'après J.-R.)

102. The Moralist, par W. Nutter.

Très belle épreuve imprimée en couleur, marges.

STOTHART (d'après)

103. Charlotte de Lichfield, par Ogborne.

Très belle épreuve avant toutes lettres, grandes marges.

TAUNAY (d'après)

104. Noce de Village, par Descourtis.

Très belle épreuve imprimée en couleur, *avec l'adresse de Descourtis.* Marges.

105. Noce de Village, par Descourtis.

Très belle épreuve imprimée en couleur, sans marges.

TAUNAY (d'après)

106. Le Tambourin, par Descourtis.

Superbe épreuve imprimée en couleur, *avec l'adresse de Moret.* Marges.

TRINQUESSE (d'après L.-R.)

107. La Sortie du bain, par Lempereur.

Très belle épreuve avant la dédicace, grandes marges.

VALCK (G.)

108. *Porthmouth* (Louise Dutchess of), gravé à la manière noire d'après P. Lely.

Très belle épreuve.

VAN DAEL (d'après J.)

109. La Nimphe blessée, par Chaponnier.

Belle épreuve imprimée en couleur.

VAN GORP (d'après)

110. La Ruse. — La Surprise. Deux pièces faisant pendants, gravées par Honoré.

Superbes épreuves imprimées en couleur, marges. Très rare de cette qualité.

111. Entrevue consolante, par Noël, sous la direction de Schenker.

Très belle épreuve imprimée en couleur, marges.

VIVARES (Thomas)

112\. A Wiew of Paris, taken from the Pont-Neuf, d'après P. Royer.

Belle épreuve, marges.

WARD (W.).

113\. Mary's Dream, d'après F. Wheatley.

Belle épreuve imprimée en couleur, petites marges.

WATTEAU (d'après Ant.)

114\. L'Occupation selon l'âge, par Dupuis.

Très belle épreuve (petite restauration).

WESTALL (d'après R.)

115\. Rural Contemplation, par T. Gaugain.

Très belle épreuve imprimée en couleur, marges.

WHEATLEY (d'après F.)

116\. Milk belome maids, " *Cries of London* ".

Très belle épreuve avant toutes lettres imprimée en noir. Toutes marges.

117\. Old Chairs to mend. *Cries of London, Plate 10th*, par Vendramini.

Superbe épreuve imprimée en couleur, grandes marges.

ESTAMPES ANCIENNES

Appartenant à Divers

ANONYME

118. *Condé* (Le Grand) couvrant de son bouclier le lis de France, in-folio en pied, avec écusson au bas.

Très belle épreuve avant toutes lettres, marges.

AUBERTIN (F.)

119. L'Incendie, d'après César Van Loo, 1805.

Belle épreuve imprimée en couleur. Sans marges, encadrée.

AUDOUIN (P.)

120. *Louis Dix-huit.* Roi de France et de Navarre, d'après A. J. Gros. In-folio.

Belle épreuve, marges.

BARBIER (d'après)

121. Nymphe sortant du bain, par L. M. Bonnet.

Belle épreuve imprimée en couleur, sans marges. Encadrée.

BARTOLOZZI (Fr.)

122. Gualtherus and Griselda. — The Shepherdess of the Alps. Deux pièces faisant pendants d'après Ang. Kauffman.

Très belles épreuves en couleur. Sans marges, encadrées.

BERVIC

123. *Louis Seize.* Roi des Français, restaurateur de la liberté, d'après Callet. In-folio.

Très belle épreuve, marges.

BOUCHER (d'après Fr.)

124. Les Colombes chéries, par Petit.

Très belle épreuve à la sanguine. Marges, encadrée.

BOUNIEU (d'après M. H.)

125. La Confidence. — Le Curieux. Deux pièces faisant pendants par Jubier.

Epreuves imprimées en couleur, sans marges. Encadrées.

126. L'Espoir d'un heureux jour, par L. M. Bonnet.

Belle éprevve imprimée en couleur. Sans marges,. encadrée.

CLAESSENS (L. A.)

127. Aspettare..., d'après L. B. Coclers.

Très belle épreuve, à toutes marges.

COSWAY (d'après R.)

128. Infancy, par C. White.

Belle épreuve imprimée en bistre. Marges.

DE GOUY

129. Chù-ù-u. Petite pièce ovale en largeur, d'après Schall, réduction de l'estampe intitulée : *The officious waiting woman.*

Très belle épreuve imprimée en couleur. Sans marges, encadrée.

DESCOURTIS

130. Sujet pour Paul et Virginie, d'après Schall.

Belle épreuve imprimée en couleur, petites marges.

ECOLE ANGLAISE

131. Sleeping Nymph.

Très belle épreuve, imprimée en couleur, sans marges.

ECOLE ANGLAISE

132. Le Tambourin.

Belle épreuve en couleur, sans marges, encadrée,

FRAGONARD (d'après H.)

133. L'Amour Ingénieux, par Fursy.

Très belle épreuve imprimée en couleur, marges, encadrée.

FREUDEBERG (d'après S.)

134. Le Petit jour, par N. De Launay.

Très belle épreuve, marges (petites retouches à l'encre sur la poitrine de la jeune femme).

135. Le Soldat en Semestre. — Le Négociant Ambulant. Deux pièces faisant pendants, gravées par Ingouf.

Très belles épreuves avant la lettre, les noms d'artistes tracés à la pointe, grandes marges.

HOGARTH (d'après W.)

136. Morning. — Noon. — Evening. — Night. Suite de quatre pièces, gravées à la manière noire par Spooner.

Très belles épreuves, marges.

HUET (d'après J.-B.)

137. Les Epoux heureux, par L. M. Bonnet.

Très belle épreuve imprimée en couleur, sans marges, encadrée.

JAZET

138. *Colbert* (Le Général Aug. M. Fr. Comte), d'après F. Gérard. Gr. in-folio.

Très belle épreuve, avant la lettre, grandes marges (petits raccommodages).

139. Arcole, d'après Horace Vernet, in-folio.

Belle épreuve, marges.

LANEAU

140. Cordelia, d'après Ang. Kauffman.

Très belle épreuve imprimée en couleur, marges, encadrée.

LAVREINCE (d'après Nic.)

141. L'Accident imprévu, par Darcis. (E. B. 1).

Très belle épreuve avant toutes lettres, imprimée en bistre, marges, encadrée.

142. Valmont and presidente de Tourvel, par Romain Girard. (63).

Très belle épreuve avec la bordure tirée en bistre, marges.

MAITRE ANONYME FRANÇAIS
DU XVIIIe SIÈCLE

143. La France, sous là figure de Minerve, couronne le génie des Arts, assis devant un terme.

Composition ovale entourée de guirlandes, formées de rubans et de fleurs, et imprimée en couleur sur satin blanc. (C'est la quatrième planche de la série de Marie-Antoinette).

MARCUARD (R.)

144. Musick, d'après P. de Cortona.

Très belle épreuve imprimée à la sanguine, grandes marges.

MARIN (L.)

145. The Pleasure of Education.

Belle épreuve imprimée en couleur, sans marges, encadrée.

MONSALDI

146. *Desaix* (L. Ch. Ant.), né à Agat, département du Puy-de-Dôme, mort à Marengo, le XXV Prairial an VIII. — *Kléber* (Jean-Baptiste), né à Strasbourg, mort au Kaire (sic), le 25 Prairial an VIII. Deux pièces in-folio faisant pendants, d'après Dutertre.

Très belles épreuves, marges.

MOREAU LE JEUNE (J.-M.)

147. Arrivée de la Reine à l'Hôtel-de-Ville. Le Feu d'artifice. Deux pièces in-folio faisant pendants.

Très belles épreuves anciennes, grandes marges.

PRUD'HON (d'après P. P.)

148. *Maria Louisa.* Arch. Duchess of Austria, Empress de France. etc. Gr. in-4 en pied, par Roffe et Hamble.

Très belle épreuve, marges.

REYNOLDS (S.-W.)

149. La Surprise, d'après Dubufe.

Belle épreuve, marges.

SCHIAVONETTI

150. *Charles-Louis*, archiduc d'Autriche, d'après Kellerhoven ; 1780, in-folio.

Très belle épreuve en couleur, marges.

WATSON (Thomas)

151. Abélard. — Circé. Deux pièces d'après D. Gardner.

Belles épreuves.

152. Sigismonda. — Thaïs. Deux pièces faisant pendants, d'après F. Wheatley.

Belles épreuves.

WESTALL (R.)

153. A Girl returning from market. — A Girl going to fetch water. Deux pièces faisant pendants.

Belles épreuves en couleur, encadrées.

BOILLY (Louis)

154. Les Grimaces. Suite de cent lithographies in-4 cart.

Très belles épreuves coloriées (quelques coins sont enlevés et plusieurs pièces sont raccommodées).

GRANDE IMPRIMERIE DU CENTRE. — HERBIN, MONTLUÇON.

www.ingramcontent.com/pod-product-compliance
Ingram Content Group UK Ltd.
Pitfield, Milton Keynes, MK11 3LW, UK
UKHW021108270726
13993UKWH00006B/1989

9 782329 483221